失踪的双胞胎

[法]克里斯蒂安·格勒尼耶 著

张昕 译

电子工业出版社

Publishing House of Electronics Industry

北京·BEIJING

Jumelles en détresse
© RAGEOT-EDITEUR Paris, 2017
Author: Christian Grenier
All rights reserved.
Text translated into Simplified Chinese © Publishing House of Electronics Industry Co., Ltd, 2022

本书中文简体版专有出版权由RAGEOT EDITEUR通过Peony Literary Agency Limited授予电子工业出版社，未经许可，不得以任何方式复制或抄袭本书的任何部分。

版权贸易合同登记号　图字：01-2021-5007

图书在版编目（CIP）数据

失踪的双胞胎 / (法) 克里斯蒂安·格勒尼耶著；张昕译.--北京：电子工业出版社，2022.1
（侦探猫系列）
ISBN 978-7-121-42292-8

Ⅰ.①失… Ⅱ.①克…②张… Ⅲ.①儿童小说-长篇小说-法国-现代 Ⅳ.①I565.84

中国版本图书馆CIP数据核字（2021）第227898号

责任编辑：吕姝琪　文字编辑：范丽鹏
印　　刷：北京天宇星印刷厂
装　　订：北京天宇星印刷厂
出版发行：电子工业出版社
　　　　　北京市海淀区万寿路173信箱　邮编：100036
开　　本：787×1092　1/32　印张：19.625　字数：258.2千字
版　　次：2022年1月第1版
印　　次：2023年4月第6次印刷
定　　价：140.00元（全7册）

凡所购买电子工业出版社图书有缺损问题，请向购买书店调换。若书店售缺，请与本社发行部联系，联系及邮购电话：（010）88254888，88258888。
质量投诉请发邮件至zlts@phei.com.cn，盗版侵权举报请发邮件至dbqq@phei.com.cn。
本书咨询联系方式：（010）88254161转1862，fanlp@phei.com.cn。

萨米和摩伊莎不见了？

双胞胎姐妹正跟她们的爸爸妈妈在餐厅里吃晚饭，这时候，门铃响了。我在沙发扶手上抬起了头。我整天都待在沙发扶手上，昏昏欲睡。（对于一只猫来说，这太正常了！）我听见金发的乐乐大声说："一定是艾米丽来了！"

红发的贝贝跑去开了门。她非常失望，小声地打招呼："呃……您好，博丹夫人。"

这个老太太住在旁边的公寓楼里。

她养着三只暹罗猫，她们都是我最亲密的朋友。从我们家的阳台到她们家的阳台，只隔着十米长的排水沟。

博丹夫人的啜泣声让我竖起了一只耳朵。是右耳，我顺便用爪子在耳朵上胡噜了几下。

"啊，小贝贝……你知道吗？出事了！"

"博丹夫人，快进来吧。"双胞胎姐妹的妈妈罗洁丝对老太太说。

"您这是怎么啦？"罗洁丝的丈夫麦克斯惊讶地问。

"自从前天开始，我的两只猫——萨米

和摩伊莎，就不见了！"

我的朋友？不见了？！听到这些话，我站了起来。我得解决这个谜团。晚饭过后，麦克斯总会偷偷地到阳台上去抽支烟。对我来说，这是个偷偷溜走的好机会！

唉，只可惜，今天他不打算去抽烟了。他邀请博丹夫人进屋来喝咖啡，还用非常肯定的语气安慰她说："您放心吧，您的暹罗猫一定会自己回来的。我们家的赫尔克里就总是这样！"

他胡说。我只在夜里离开公寓，还得是我能出得去的时候。

今天晚上，我显然出不去了。

"麦克斯先生，您不知道，希娅一直喵喵地叫个不停，她在呼唤自己的姐妹。我想，既然您跟罗洁丝都在圣-德尼警察局工作……"

"等等，博丹夫人，警察可不负责寻找离家出走的猫咪呀。"

"萨米和摩伊莎不是离家出走，我向您保证！"

说起来，的确如此：我已经整整三天没见过她们了。

突然，我也像博丹夫人一样担心起来。我必须出门去调查。

绝不能让那对猫姐妹遇到麻烦！

至于麦克斯，他看起来一点儿也不着急。而且，我觉得他今晚恐怕不会去抽烟了。

乐乐和贝贝把博丹夫人送出了门。就在这时，我趁机从她们俩中间蹿了出去。

"不行!赫尔克里!快回来!"

乐乐还在大喊,我已经跑到了楼梯上。我四爪并用,三步并作两步地下了楼。我来到一楼,躲在阴影里,蜷缩在大门口的地垫旁边。我在等着博丹夫人过来。等她推开大门,我立刻溜到了街上……成功了!

唯一的麻烦是一只斗牛犬突然冲了过来。就在这时，有人大叫："波罗！不可以！过来！"

这是杜洛瓦先生的看门狗波罗。杜洛瓦先生是艾米丽的爸爸。我竖起了背毛。

"蠢狗！看清楚，是我！赫尔克里！"

我能听得懂人类的语言，可波罗却听不懂我的语言。

不过，他总算认出了我。他想起我们是朋友。

他冲到我跟前就停了下来，摇着尾巴乱叫一通，算是跟我打招呼。我竖起尾巴，贴着他的身体蹭了过去，当作回应。然后，我迅速消失在夜色当中。

我来到了塞纳河边的码头，迎面碰上了

一只猫，灰色的母猫。

是博丹夫人家的希娅。可是，我有点儿不确定。

"怎么了，赫尔克里，你不认识我了吗？"

呃，倒也不是。只不过，这些暹罗猫全都长得一个样啊！

我猜，她肯定是在找自己的两个姐妹。

她走到我前面，走几步就停下来，就好像在问我：

"你跟我来吗？"

我小步跟在她身后。我们俩喵喵地交谈起来。

"萨米和摩伊莎去哪儿了？"

"赫尔克里，跟我来。你很快就明白了！"

码头上的艰难险阻也太多了吧！横冲直撞的汽车，不牵绳的狗，让狗随便乱跑的狗主人，突然冲出来的摩托车，还有从下水道口飘来的恶心气味……

从满地的排泄物到空气里的汽车尾气，你简直没法想象街头的流浪猫都要忍受什么！

最后，我们来到了艺术家广场。白天，情侣们经常来这里。晚上，这儿就成了流浪猫的"家"。有些老太太总是偷偷过来喂他们。

希娅坐了下来,她绝望地喵喵叫着。

我猜想,这里肯定与萨米和摩伊莎的失踪有关。可是,这是什么时候发生的?怎么发生的呢?

我还没来得及问这些问题。

突然,希娅和我被包围了。我们被团团围住!

周围都是猫。几十只猫。

看样子,他们都不是住在公寓里的猫。

遭遇"三爪"

有人说，夜色中的猫看起来都是灰色的。呃，他说得不对。这些猫有棕色的，有黑色的，只有三只猫是灰色的。

我认出了其中一两只，我在附近的墓地里偶尔见过他们。

大部分的猫都很瘦，肋骨突出。他们身上的毛都秃了，胡子也乱糟糟的。

"你这家伙是谁?你们到这儿来干什么?"

发出质问的是这群猫里最丑的那只。看来他是头儿。他是个"独眼龙",只剩下一只眼睛,也没有右耳朵和左后脚。他蹲坐着,缺了一截的左后腿让他看起来摇摇晃晃的。

希娅和我恭恭敬敬地低下头——这是顺从的意思。

从我们周围强烈的气味来判断，这块地盘已经被标记过了。我们俩是不受欢迎的入侵者。

简直难以置信！那两只暹罗猫怎么会到这儿来！她们要是想跟这些脏水沟里的流浪猫一起玩，那可太冒险了。

"哟，小美人，我们认识吗？"

那只三只脚的大丑猫迈着小碎步，来到希娅跟前。

我看到希娅哆嗦了一下，她的毛都炸得蓬蓬的！

大丑猫贴着希娅身边走了过去，她一动没动。与此同时，那只三脚猫还用一只眼睛瞄着我——这是事实，毕竟他只剩下一只眼睛了。黄眼珠，目光锐利，咄咄逼人。

"小子，这只暹罗猫小美人是跟你一起的吗？"

啊，太难办了。要是这只三脚猫想要勾搭希娅，那我恐怕命不久矣。周围这群猫已经准备听他的命令了，单凭我自己根本毫无"还爪之力"！

希娅很骄傲地昂起了头，她尖利地"喵"了一声。

她的叫声把这群猫镇住了，这叫声大概可以翻译成：

"淡定点！别找茬打架！赫尔克里是我的朋友。他来帮我寻找失踪的姐妹。"

那群猫凑到我身边。呃……我还是非常

紧张。希娅和她的两个姐妹到底捅了什么马蜂窝啊？

我一直往后退，不小心碰到一个缺了口的盘子，打翻了盘子里装的剩鸡肉。一只大公猫生气地朝我脸上吐口水。嘿，淡定，哥们儿，我一点儿也不想抢你的鸡肉。要知道，我在家里吃的可是顶级猫粮！

突然，从广场的另一头传来了三声示警的猫叫。看来，"三爪"已经提前安排其他猫监视邻近的街道了。那些叫声意味着：

"有情况！"

"快逃！"

"赶紧散开！"

眨眼之间，广场上就只剩下我和希娅了。"三爪"带着他的部下四散逃窜，他们有的跳上了花坛,有的躲到了长椅底下,有的钻到了雕像中间……

紧接着发生的事情实在太快,也太可怕了。希娅和我呆站在原地,吓得四腿发软。

我连魂儿都要吓飞了。

可怕的偷猫贼

有一辆带篷的小货车一直停在广场的入口,没开车灯,引擎功率降到最低。

原本没人注意到它,直到司机从车里钻了出来。坐在副驾驶位置上的人跟在司机身后,那是个穿着连帽外套的年轻女人,手里拿着一张大网。她把网张开了!那个司机伸出两只手,抓住了大网的另一头。

两个人开始包围过来。

他们的行动迅速、高效，每一步似乎都经过精确计算。

我和希娅目瞪口呆地站在原地，眼看着他们俩逮住了好多只猫。这些猫没留意到他们，而且当时距离小货车实在太近了，根本来不及逃走。被网住的猫拼命挣扎，但四条腿都陷在网眼里，反而被缠住了。

两个年轻人合拢陷阱，冷漠地望着自己的战利品。

被抓住的猫狂怒地叫着，他们不停地撕咬、抓挠，可是无济于事。那两个人身上穿着鼓鼓囊囊的衣服，还戴着厚厚的手套。

年轻女人拖着大网，她的同伙打开了小货车后面的车门。把大网放上车后，他们把那

道门关上了。

过了片刻，车子引擎轰鸣，很快就开走了，消失在夜色之中。

周围恢复了平静，幸免于难的那些猫战战兢兢地从藏身之处探出了头。对于首领"三爪"来说，他探出的是一只爪子。

他们都一声不吭，呆呆地站着。从他们凌乱的毛发里渗出了一种古怪的气味——恐惧的气味。

我和希娅站在原地没动。幸好我们离得足够远。否则，我们很有可能也已经被抓走了。

"三爪"一瘸一拐地走到了我身边。他向我投来了无奈的眼神，就好像在对我说：

"唉，没错，这种悲剧并不新鲜。它已

经上演过了。就在同一个地方!"

什么时候的事?到底发生过多少次了?

希娅对我眨了眨眼睛,用她那弯弯的黑睫毛回答了我无声的提问,意思是:

"没错,我的姐妹们就是这样失踪的。"

原来她们也是被掳走的。

跟其他的猫一起。

那两个人把那些猫带到什么地方去了呢?

他们到底要对那些猫做什么呢?

单单一只猫并不值钱,除非是希娅她们这样的纯种暹罗猫。然而,萨米和摩伊莎也是随机被掳走的,那些一文不值的秃毛猫不是也一起被掳走了吗?

希娅认真地看着我,她的眼里充满了期待。

可是，就连"三爪"和他的部下都对此无能为力，我又怎么可能创造出奇迹来呢……

猫群入侵！

我往后退了一步。希娅也跟了一步。

可是，"三爪"没有放过我们这里的任何动静。他竖起左耳，朝我们跟了上来。另外几十只猫也有样学样！

我忧心忡忡地转过身。显然，他们不打算放我们走！哦，也不是。他们并不想伤害我们，只是要跟着我们。

我知道希娅走过的地方都会留下让人心醉的香味。这味道吸引着他们，也吸引着我。

这支护卫小队一直纠缠着我们，让我心烦意乱。

我们来到塞纳河边的码头，我和希娅加快了脚步。

毫无用处。因为跟着我们的那帮家伙也调整到了同样的步速！更糟糕的是，开始下雨了，我们必须找地方躲雨。

这些无家可归的流浪猫肯定以为我要回自己家去。

我可不觉得双胞胎姐妹还有她们的爸爸妈妈会欢迎他们！

我们终于走到了自己家的公寓楼附近。有一个女楼管正好出来扔垃圾袋。这里不是双胞胎姐妹的家，也不是博丹夫人的家。不过，公寓楼的大门开着，这算是我们的意外收获。我和希娅一起冲进了前厅。

接着跑进了天井。

那个站在路边的女楼管发出一声惊恐的大叫。她眼看着一大群猫跟在我们身后跑进了公寓楼！

我认出了这个地方，我以前来过这儿。

我冲向门卫室，沿着旁边的楼梯往上跑，身后跟着希娅，再后面是一直尾随着我们的乱哄哄的猫群。

七楼都是打扫卫生的保洁员的房间。

正如我所希望的那样，经过最后一段走廊，我看到了敞开的厕所门。我一跃跳上厕所里的天窗——这扇小窗户从来都不关，因为这个地方必须通风。

得救了。我来到了房顶上。希娅跟在我身后,也跳了上来。

突然,"三爪"的大脸出现在我们面前。他得意洋洋地朝我眨了眨眼,看起来真别扭。哦,对了,因为他是个"独眼龙"。我得赶紧习惯起来……

他的跟班们也一个接一个地跳了上来。这块平日里的禁地吸引了他们。这群猫四散开来,到处观察……天哪!

我和希娅赶紧朝自己家的方向溜去。我们穿过屋檐上的排水沟,绕过屋顶上的烟囱,总算来到了博丹夫人家的阳台上。

希娅很有礼貌地跟我蹭了蹭鼻尖。这是在跟我告别和表示感谢。

然后，她从厨房门上的猫洞钻了进去。我没法走这里，希娅和她的姐妹们都戴着装了芯片的项圈，可以遥控猫洞的开口。

"三爪"还跟在我们后面。他的鼻子狠狠地撞在了只有希娅她们才能进的猫洞入口上！

我来到自己家的阳台上，绝望地喵喵叫着。唉，我觉得他们可能听不到我的声音。双层玻璃实在太厚了。

一直跟着我的"三爪"看出了我的困境，他决定帮我一把。更确切地说，他决定"帮我一嘴"。他嚎叫起来，叫声又沙哑又有力。真正的合唱团首席上台了。几十只猫学着他的样子，跟他一起"喵"了起来……

简直是一场超级音乐会！

没过多久,阳台的玻璃门打开了。麦克斯穿着条纹睡衣,出现在我们面前。

"赫尔克里?你这是搞什……"

这群放肆的流浪猫用眼神嘲笑麦克斯。他们根本不搭理他,每一只都露出一脸天不怕地不怕的神情。最后,麦克斯只好气呼呼地说:"赫尔克里,快进来!你们这帮家伙,快走开!"

他重新关上了阳台的玻璃门。我安全了。

"赫尔克里,以后不要把你的伙伴带回家里来了!你想什么呢!"

我委屈地垂下尾巴,走进了双胞胎姐妹的房间。

我跳到她们俩的床中间。这两张床是紧挨在一起的。双胞胎姐妹睡的床也是"双胞胎"。

贝贝慢慢地醒了过来。

她有一搭没一搭地伸手摸我,小声嘟囔着说:"唔……赫尔克里,是你吗?你跑到哪儿去了呀?"

"欸?"乐乐一下子清醒过来,惊讶地说,"他全身都湿透了!"

这倒是真的。我都忘了外面在下雨了。

金发的乐乐和红发的贝贝找来干净暖和的浴巾,认认真真地帮我擦干。啊,真是太幸福了!

"天哪,你身上好臭!"贝贝突然很严肃地说,"你到底干什么去了啊?"

我身上臭?不会吧……反正,我的鼻孔里现在全都是希娅身上的香味。对于一只公猫来说,那可是无比甜美的味道!

陷阱的气息

这天早上,我躺在乐乐的床上,昏昏欲睡,喉咙里发出"呼噜呼噜"的声音。

双胞胎姐妹去上学了。我有一整天的时间来思考萨米和摩伊莎到底在哪儿。

唉,我没有狗那样灵敏的嗅觉,也没有罗洁丝和麦克斯的资源。如果换作他们俩,肯定已经查了那辆货车的车牌,拿到了车主的个人信息。

我能怎么办呢？虽然天赋异禀，可我也不过是只猫而已。

吃晚饭的时候，电话铃响了。麦克斯接起电话说："啊，没有，博丹夫人，没什么新情况……嗯，我把您给的寻猫启事都贴出去了。萨米和摩伊莎的照片也放在局里了……"

"妈妈，为什么你一点儿办法都没有啊？"乐乐问。

"对啊！"贝贝跟着说，"你可是警察呀！"

"好啦，你们别说了！"麦克斯走了过来，"要是警察还得负责追查失踪的猫，那他们可真是有得忙了。"

过了一会儿,麦克斯出去抽烟,我偷偷地从他的两腿中间溜走了。

我只跳了三下,就来到了博丹夫人家的阳台上。我看到她正一边看电视,一边抹眼泪。

希娅没跟她在一起,也不在厨房里。

我知道去哪儿找她!

可惜,我想错了。艺术家广场空荡荡的。

看来,"三爪"和他的部下决定离开这片鬼地方了。这里连一只猫都没有!

咦,我又弄错了。那边有三只猫,他们没注意到我。

不过,我已经闻出来了,他们标记了这块领地。我觉得似乎还要发生什么大事!

我小心地跟着他们，一直来到了塞纳河边。更确切地说，我们来到了海军码头。

他们钻过了一道铁栅栏。那是墓地周围的围栏。

在乡下，我们见到的通常都是"田园猫"。在城里，更常见的是"排水沟猫"，还有"墓地猫"。

我也钻了过去。天哪，这里有一大群猫！离墓地大门不远的地方，三十几只猫正在争抢一块扔在墓碑前的肉。显然，那块肉根本不够他们分！

我一下子就认出了"三爪"。在他身后很远的地方，有一只母猫正鄙夷地看着他们这种粗俗的晚餐。我大声喊道：

"希娅……是你吗？"

她朝我这边看了过来,很快又心虚地低下头,就好像在说:"啊,没错,我又跑来找这群无赖的流浪猫了。"难道她指望这群猫带她去找自己的姐妹们吗?

我的注意力突然被引擎声吸引了。有辆车开了过来,引擎功率慢慢降到了最低。可是,邻近的大街上,所有汽车都开得很快。更何况,这个时间的墓地已经不对外开放了。

我偷偷地从两道栏杆中间钻了出来。

远处的墙根底下有一道黑影,那是一个穿着连帽衫的男人。

他身后拖着一张大网。他从墓地围栏旁边走过,往地上放了一个纸袋子。我闻到了一股鱼味儿。

突然,一切都明朗了——这是个陷阱!

墙边停着一辆带篷的小货车。前一天晚上的那个年轻女人站在另一边，伸手拉着大网。

我敢打包票，墓碑前那块肉肯定也是他们俩事先放的！

现在，他们准备把没抢到肉的猫吸引到人行道上来！

我发出了示警的喵喵叫声。

然而，鱼腥味比我的叫声有用多了。那些猫飞快地冲向这顿大餐，"三爪""一猫当先"地冲在最前头。希娅也跟着他们跑了过来。真是太不小心了！

猫群你争我夺，为了最好的鱼肉大打出手。那两个绑架犯只用了两秒钟就用网把他们围在了中间。

我眼睁睁地看着他们又抓住了十几只猫!

他们俩拖着大网,沿着马路走到了货车跟前。车后面的双扇门已经打开了。

我对自己说:"看来,这是唯一的机会,我必须抓住它。"

我必须自投罗网才行!

自投罗网的囚犯

货车后面的门刚要关上,我就跳了过去,四只爪子紧紧地抓住了大网。年轻女人看了我一眼,大笑起来:"怎么,你想跟小伙伴们待在一起吗?没问题!"

片刻之后,货车开动了。恐慌气氛继续蔓延。我的同类们在互相推挤着,狂怒地喵喵叫着,四条腿都被缠在网眼里……

突然，我的鼻尖碰到了希娅的鼻尖。我安慰她说："我来了。一切都会好起来的。我绝不会离开你……"

货车里一片漆黑。我根本不知道这辆车要开到哪儿去。它偶尔会停下，又继续开。

最后，引擎终于不响了。

车门打开了。一只手抓住了我的脖子。

我大叫着表示抗议："轻点儿！我又不是行李箱子！"

"马克，你看！"那个女人说，"就是这只猫！它想跟伙伴们在一起！"

我瞥了一眼院子。这里面全都是笼子，就跟动物保护组织的笼子一样。

"好极了，那就又多了一只！"她的同伙回答，"这只猫很漂亮。至于这只……他们绝对不要!"

他把"三爪"从大网里硬拖了出来。那只大公猫火冒三丈,三脚乱蹬,龇出了牙,亮出了爪子。

"唔……它居然还要咬人!滚蛋吧,脏畜生!走你!"

他一边说,一边用力一扔,把"三爪"扔过了院墙。那道墙有两米高,我吓得半死,浑身哆嗦!

据说,猫从高处掉下去的时候总能四脚落地——前提是他的确有四只脚。我希望"三爪"能安然无恙地落在大马路上,我听见外面有许多卡车经过……

这座院子只有一扇门。院子里的大笼子装着很多猫,到处都是猫的气味!

那个年轻男人把我的同类们从大网里拽出来，再把那些倒霉的猫分别放进了各自的"监牢"当中。

我所在的笼子里有6只公猫。旁边的笼子里装着10只母猫，其中2只从栏杆中间探出脑袋，跟我打招呼：

"赫尔克里！"

"摩伊莎！原来你在这儿。萨米呢？她在哪儿？"

"她昨天被带走了！"

"带去哪儿了？"

"我不知道！"

希娅不再跟我说话了，重逢的暹罗猫姐妹俩紧贴着对方蜷成一团。

那两个偷猫贼也不见了。没错，偷猫贼，

他们一定是专门到处偷猫的坏人。

那辆货车已经空了。它就停在院子里。现在只能听见马路上的卡车开过时的轰鸣声。偶尔还会从这里或那里传来一声哀怨的猫叫。

我终于睡着了。梦里全是粗暴的坏人，一个个面露狞笑……

猫经常做梦。

而且，他们还会做噩梦呢！

逃出牢笼

第二天清早,前一天晚上的那两个年轻人又出现在了院子里。

"朱丽,这一车只要公猫!"

"好,马克,我知道了。回头我再带着剩下的母猫去找你。"

我的笼子被打开了。一只有力的手抓住了我,随随便便地把我扔进了货车里。

我跳起来，打算逃跑，迎面撞上了另外五只猫——我原来所在的笼子里所有的猫都被扔进来了。

没过一会儿，货车就开了起来。根据它的速度以及周围的车声，我判断这辆车应该开上了一条大路。

咦，好像有一点儿亮光从后车门缝透过来了。

我悄悄地溜过去，观察跟在我们后面的汽车。远处好像是一艘驳船？没错！我们正沿着塞纳河行驶！

早上这个时间，交通非常拥堵，货车时不时地停下来。突然，我瞥见一只猫！他正在车流中钻来钻去！我还以为自己在做梦，简直难以置信——是"三爪"！

他的禁卫军紧紧跟在他身后。

有时候,我们的车开得非常快,"三爪"他们被落得很远。

不过,他们总能追上来。早上的大堵车,真是我们的运气!

最后,货车慢慢减速,开进了一座红砖建筑。小货车停了,双扇门打开了。

这是一座大车库。远处停着好几辆车,还挂着一块大牌子,上面写着:神经生物制药。这名字真古怪。

来了五个身穿白色制服的人,每个人都戴着手套。是护士吗?他们伸手来抓我们这群被关在车里的猫。

其中一个人把我抓出来,打算塞进一个单独的笼子里。我朝他伸过来的胳膊咬了一口。

他疼得大叫一声。搞定！他放开了我。我自由了！

"脏畜生！"一个陌生的声音叫道，"你等着……"

这个地方飘着一股奇怪的味道，就像医院一样。

我刚落到地上，就立刻朝着最近的出口逃去，外面是一条走廊。

"让它跑！"其中一个偷猫贼说道，"它跑不了多远的。"

他说得没错。我慌不择路地来到了一段楼梯前。

我一直往上跑，面前又是一条走廊。

我觉得自己就好像来到了贝贝和乐乐的学校里。（有一回，她们俩把我藏在书包里，带到了学校！）这儿到处都是装了玻璃窗的屋子，排得整整齐齐。

我的眼前突然出现了一道打开的门，有个穿白制服的男人走了出来。

他没有看到我，自己走远了。

我溜了进去，试图避开追捕我的坏人。我躲到第一张桌子底下，缩到两个装废纸的垃圾桶中间。事实上，垃圾桶里面没有废纸，而是装着安瓿瓶、注射器，以及许多空药瓶。

这个地方的窗户全都关得很严。我往外面偷偷看了一眼。

这里像一间诊疗室。可是，不管怎么看，那两个偷猫贼都不像兽医。

我发现屋子最里面有许多玻璃柜，柜子里装满了小瓶子。

屋子正中间摆着一张手术台，台子上躺着的是……一只猫！

我找到了萨米！

这只猫之所以没有逃走，是因为他正在睡觉。

而他之所以在睡觉，是因为有人让他睡着了。

他的头上固定着一个钢盔似的东西，上面连接着好几条不同颜色的线。那些线连接在一台电脑上！这只猫是灰色的，身上还有浅色的斑点。等等，斑点？不对！那些是他被剃掉了毛之后留下的痕迹！

突然，我忍不住发出了一声惊恐的大叫。因为我认出了躺在手术台上的那只猫——是萨米！

我正要跳到她身边，两个身穿白色制服的人走进了房间。他们来到萨米身边。

"这只猫什么用都没有！"走在前面的人指着电脑屏幕，怒气冲冲地嘟囔着。

"没关系，再试试别的。他们很快就会把咱们昨天预订的那些母猫送过来。"

"好吧，那我把这只的导线拔了？"

"拔吧。它马上就醒了。"

我目瞪口呆地看着那只暹罗猫恢复了意识。

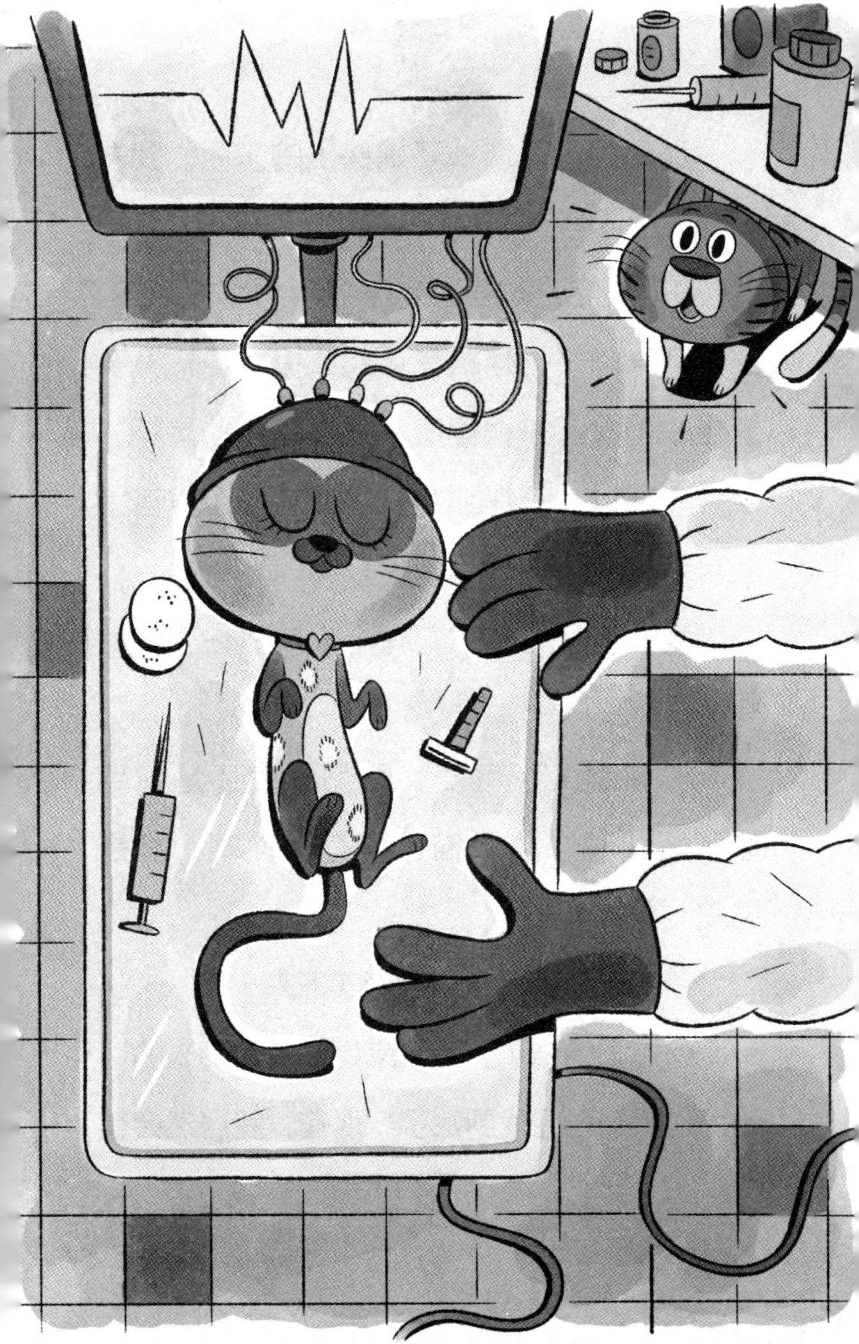

那个陌生人拿掉了她头上的东西。我发现她周围还有一些吸盘似的东西,他们之前把这些东西固定在她身上剃掉了毛的地方。

萨米醒了,她趴在那儿,根本没打算要逃走。她看起来很健康,只是还有些迷糊。

"那边!它在那儿!"又有一个声音大喊起来。

我还没反应过来,有个人就抓住了我的脖子。

"你瞧,小可爱,我们到底还是找到你了吧!哼,这只猫还真有精神啊。真是见鬼!"

"我们很快就能让你老实下来……"

这可太糟糕了。我本来是要解救萨米的,而且我明明已经找到她了。现在,我居然会蠢到再次被抓住！

这些假冒的护士也要让我睡过去吗？他们要对我做什么？

那个抓住我的人走出房间。他突然停了下来，目瞪口呆地看着眼前的情景：走廊尽头的楼梯上出现了一大群愤怒的猫，10只、15只……20只猫！

这些猫是自由的。

他们身上的毛都没被剃掉。而且，他们全都炸着毛！

更何况，他们根本没想过要被抓住。

是"三爪"的部下！"一猫当先"的正是他们的首领"三爪"！

神经生物制药陷入混乱

抓住我的那个男人转向他的同伙，很担心地说："嘿，你们快过来看看！我觉得咱们有麻烦了……"

"该死的！"其中一个同伙咕哝了一句，"它们是怎么跑到这儿来的？"

这很简单——走大门。只要等到有车进出就可以了。

"三爪",干得漂亮!他不但准确定位到了关着我们的地方,还把自己的部下们全都带过来帮忙了。

只见首领"三爪"发出了指令,所有的猫立刻朝在场的人扑了上去!

"快逃!"

那个人放开了我,那些假冒的护士也纷纷逃到了走廊上。

我来到萨米身边。她看上去还是不太清醒的样子。

"萨米,你没事儿吧?"

"呃……赫尔克里,是你吗?我们这是在哪儿呀?我的姐妹们呢?"

"我等会儿再给你讲。过来,咱们先去找她们!"

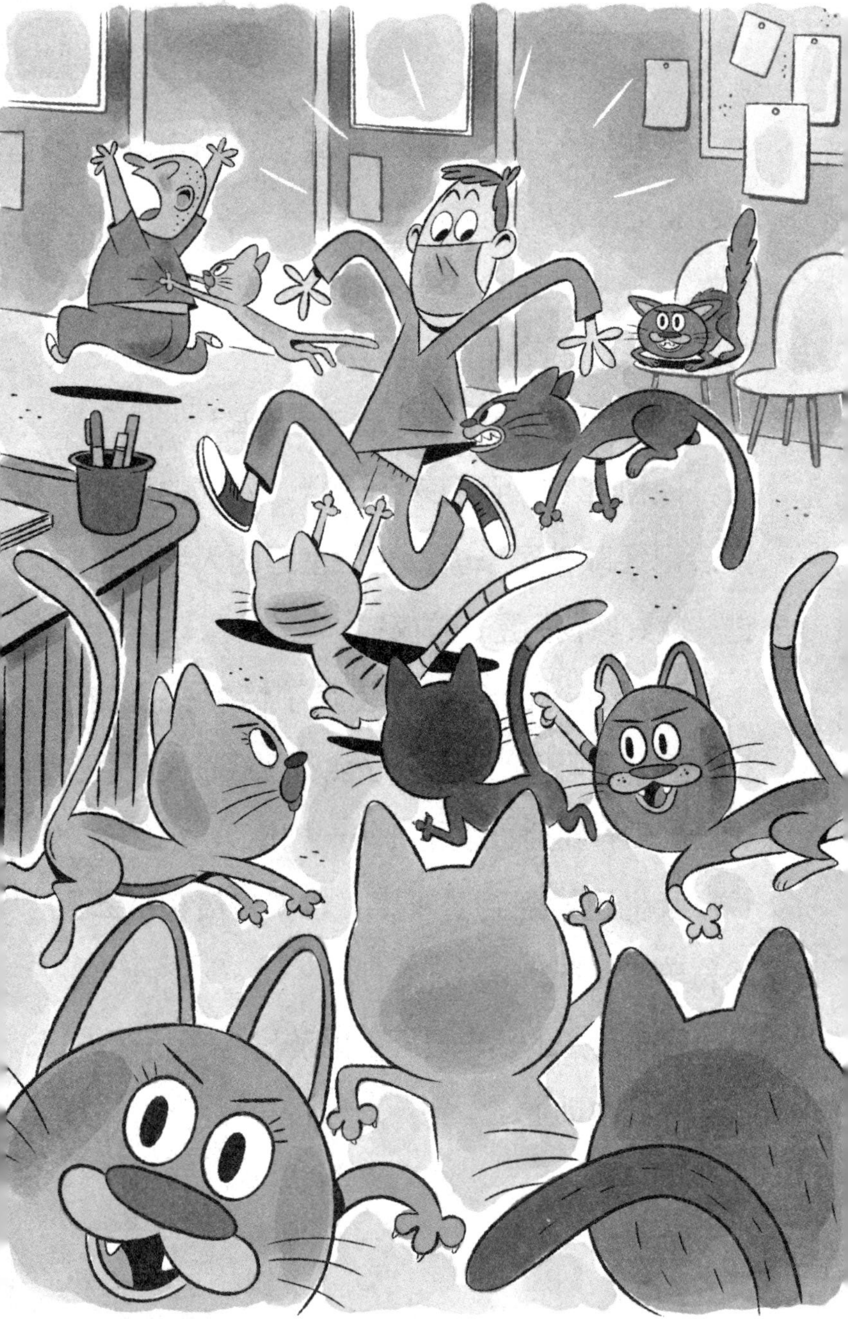

她跳到了地上，踉踉跄跄地往前走，差点儿就撞在我的身上。

"你们俩等会儿再拥抱庆祝重逢吧！"从我们身边经过的"三爪"大声说，"现在要先去把其他猫都放了。然后离开这里！"

谈何容易。我们来到一楼，刚才的群猫突袭已经散布了恐慌，实验室里的人到处奔逃，就好像我们是一群疯猫。

我们经过的笼子里装满了惊惶失措的猫。唉，只可惜，这些笼子全都已经锁上了。至于出口，我担心这里只有一个出口……

我们迅速回到了车库，也就是最初被卸下货车的地方。

那辆带篷的货车已经不见了。

大门也锁上了。

我们身后突然出现了一大群穿白衣服的人。

他们手里拿着大网、笼子,甚至还有注射器。

他们朝我们走过来,气势汹汹,像集结的军队。

突然,他们停了下来,同时抬起头去看一盏红灯。它开始闪烁起来。

"大门要开了!"其中一个人喊道。

大门自动打开了,出现了一辆送货卡车。

"赶快离开这里!""三爪"命令他的部下。

眨眼之间,猫群已经跑到了马路上。

我是最后一个离开的,因为要用力推着萨米。她一边走,一边打着哈欠抱怨说:

"哎呀,赫尔克里,别跑那么快……你看啊,我才刚睡醒呢!"

前往学校！

我和萨米、"三爪"，还有他的部下往前跑了大约一百米，再次来到了塞纳河边。原来，神经生物制药就在圣-旺，这里离圣-德尼只有一千多米！

我们现在就要去那里。

行人们惊讶万分地自觉分开，站到路两边，给我们这支"猫部队"让路。当我们跑到桥上的时候，就连汽车都停了下来，让我们先过桥，真是太棒了！

我一眼看到了学校，突然想出了一个主意。我离开了大部队。

"你要丢下我们不管了吗？""三爪"大声问道。

"呃，我会回来的，马上！对了，谢谢你！"

萨米跟上了我。我看见她被剃掉了毛的皮肤正在瑟瑟发抖。不过，这不算什么大事，毛嘛，很快就会再长出来的。

我们来到学校门口，刚好赶上学生放学，到处都是叽叽喳喳的、快乐的学生。

"哎呀！"贝贝看到我们，立刻大叫起

来,"那不是赫尔克里吗?!"

"没错。旁边是希娅,博丹夫人的猫。"乐乐说。

"那不是希娅,是萨米。"

"失踪的暹罗猫之一吗?"

"对!不过……她这是怎么了?"贝贝小声嘟囔着,"你看她的身上呀!"

双胞胎姐妹立刻猜出双胞胎猫咪肯定遇到了麻烦。

"女儿们,晚上好呀!"刚刚赶到学校的罗洁丝说道。

"我们有点儿事情耽误了。"麦克斯解释说,他身上还穿着警服,"哎哟,这是你们俩的欢迎小队吗?"

"你看,爸爸,"乐乐说,"赫尔克里找到了萨米!"

"可是,你们看她身上的毛……"贝贝跟着说。

"简直难以置信!这就像是……贝贝,给我看看好吗?"

麦克斯抱起了萨米,仔细检查了她,又转向了罗洁丝。

"这只猫被剃了毛,就像是为了在她身上放吸盘。罗洁丝,你想起什么没有?"

"嗯,我想起来了。这是神经实验室的勾当。"

"'神经实验室'是什么啊?"贝贝问道。

"是一个专门做神经科学研究的地下实验室。"麦克斯回答,"去年,我们怀疑那个实验室里的人用猫来进行违法的活体实验。"

"那……你们把那些人逮捕了吗?"乐乐惊讶地问。

"我们没有找到任何证据。"罗洁丝叹了口气说,"等到我们拿到搜查令的时候,所有的证据都已经不见了。"

"这么说,现在正是时候,对吧?"贝贝说,"这是真正的现行犯罪!"

"没错！"乐乐表示支持，"赫尔克里肯定是找到了萨米，把她救了出来！这座实验室应该离这儿不远。咱们走吧！"

我发出一声快乐的猫叫，这是在说"好啊好啊"。

麦克斯和罗洁丝商量了一下，只有短短的几秒钟。

罗洁丝拿出了手机，她跟对方简要地说明情况，听了一会儿，最后说道：

"不是的，法官大人，我面前就有一项证据。这只猫显然接受过医学实验……实验室的负责人只需要换个公司名字就行了。"

现在该我行动起来了。我在前面跑，给他们带路。

萨米犹豫了一会儿，还是跟上了我，虽

然有些不情愿。我知道她一点儿也不想回到那座实验室去。

"爸爸,妈妈!"贝贝叫起来,"赫尔克里听懂了,他要带我们去呢!"

"没错。"乐乐也很肯定地说,"你们看,他在等我们跟上去呢!"

"不可能的。"麦克斯耸了耸肩。

"哎呀,说到底,你们有什么损失呢?"乐乐一边说,一边跑向了我,"大不了就当是跟我们散个步嘛!"

我更卖力地继续往前跑。我听见了罗洁丝的声音,她正在打电话:"法官大人?我们正赶往现场……对,就是现在。好,一会儿见!"

看来,这回总算行了。

当场抓获偷猫贼！

麦克斯气喘吁吁的（他应该后悔平时抽烟了吧），他跑得比罗洁丝慢，罗洁丝跑得比萨米慢，萨米跑得比我慢！麦克斯喘着粗气，一边跑一边跟双胞胎姐妹解释："要想进入实验室，我们必须有法官签发的调查委托书！"

"我就是为这个才给她打电话的。"罗洁丝大声地说。

很快，我们这支大部队就来到了神经生物制药的大门口。

"原来如此。他们的确换了名字！"罗洁丝说完就打电话把地址告诉了法官。

"电子门上有摄像头。"麦克斯朝那边指了指，"看来，里面的人很小心。"

贝贝先去按了门铃，等了一会儿，乐乐接着去按铃。她们俩轮换了三次。

没人来开门。

正在这时，来了一辆货车，就是装过我们的那辆货车。

坐在驾驶位上的人正是朱丽——那两个偷猫贼之一！她把车停在大门前，门很快就自动打开了。我们利用这个机会跑了进去。

朱丽突然瞥见了我们。她想逃跑，但车

库的大门已经关上了。罗洁丝走过去,把警官证举到她的眼前。

"女士,请你站住!我们有几个问题想问你,还有……向你订货的人。"

"你说什么?什么'货'?"偷猫贼朱丽问道,还露出一脸无辜的样子。

该轮到我出手了!我"喵"地叫了起来!强有力的呼唤。

从货车里传来了二十几声绝望的猫叫,真是超棒的抗议!

"这可以回答你刚才的问题了。"乐乐严肃地宣布。

实验室的人突然冲了出来。

他们看见了萨米,脸色立刻变得比身上的工作服还要白。

"警察！"麦克斯亮出证件，大声说道。

"嘿！"其中一个男人冷笑着说，"你们来了也没用。要想进去，你们必须有……"

"调查委托书是吧？"另一个声音传来——门口站着一位身穿漂亮的蓝色制服的女性。

"委托书在这里！我是预审法官。"

"法官大人，我们这里的研究都是合法的，我向您打包票！"

"请让我自行判断吧。这毕竟是我的工作。"

正当大人们争执不休的时候，贝贝绕到货车后面，打开了其中一扇门。一只猫扑到了她的怀里——是希娅！

很快，被关在车里的其他猫都跑了出来，

四散奔逃。这些都是前一天被抓住的猫！

希娅从贝贝的怀里跳下来,去找她的姐妹萨米。两只暹罗猫蹭了蹭对方。

我冲进走廊,法官和实验室负责人也跟了过来。这里肯定还有别的猫等待解救呢！

经过其中一间屋子的时候,我听到法官愤慨地大声说:"你们在虐待这些猫！这是不允许的！"

"可是……"

"先生,法律保护豚鼠等实验动物。你们为谁工作?啊,我看到了……"

我也是！我看到法官走进房间,打开抽屉,拿出一页纸,低声念道:"……科技风向。这家大型垄断药企付钱给你们,让你们来做这种卑鄙的工作！然后,你们雇人上街去捕捉流浪猫，带到这座非法的实验室来。好吧，我们会查个水落石出的。你们的同伙一个也跑不掉！"

嗯，这个法官头脑清晰，而且很有效率。罗洁丝打电话找她帮忙，真是个明智的选择。看来，在人类当中，果然还是女性更会解决问题！

正在这时，乐乐突然从另一个房间里跑了过来。她怀里抱着的是摩伊莎！看到自己的姐妹们以后，摩伊莎也立刻从乐乐怀里跳下来，去找她们了。

暹罗猫们甜蜜地重聚在一起了。这个场景看得双胞胎姐妹心都化了。见此情景，我承认，我内心有那么一点点嫉妒，因为这对双胞胎姐妹（贝贝和乐乐）明明全靠我的帮忙，才找到另一对双胞胎姐妹（萨米和摩伊莎）的呀！

两天以后的晚上……

"爸爸,你要去哪儿?"乐乐问道。

"呃……去外面阳台。"麦克斯回答,"我去一下就回来。"

"快点儿!"贝贝对他发出了命令,"博丹夫人马上就到了。你知道的,我们今晚要庆祝找回了她的暹罗猫。"

正在这时,门铃响了。我飞快地跑到门

边。罗洁丝开了门。我很失望——博丹夫人是自己过来的!

"您的暹罗猫呢?"罗洁丝问道。

"她们本来在阳台上。我想让她们进屋去,可她们一下子就跑掉了。哦,这回我并不担心。她们一定会回来的!"

麦克斯没过来跟博丹夫人打招呼,他正准备偷偷溜到阳台上抽烟呢。我利用这个机会,从他的两腿之间钻了过去……

我来到阳台上,顿时大吃一惊!

三只暹罗猫都在这里,被一群仰慕者围在当中——他们当然就是"三爪"和他的部下了。"三爪"仍然"一猫当先",朝三位美女猫献殷勤。他看到我,朝我眨了眨眼睛——啊,不对,他正用仅剩的那只眼睛对我微笑呢。

"嗨,我们都来你这儿庆祝三位美女顺利回家啦!"

麦克斯忘了点烟。他跑回客厅,像要抓狂似的大声喊道:

"乐乐、贝贝!你们快来看!博丹夫人!罗洁丝!罗洁丝?"

"等一下!"罗洁丝的声音从远处传来,"有人按门铃,我得去开门!"

我听到了狗叫声,还有双胞胎姐妹的好朋友艾米丽的声音。

"晚上好!贝贝和乐乐在家吗?"

"在呀!!!艾米丽!!!"双胞胎姐妹异口同声地叫了起来。

现在,她们也是三个人了,就像萨米、希娅和摩伊莎一样。

"波罗!不可以!快过来!"艾米丽突然命令道。

为时已晚。那只斗牛犬已经连蹦带跳地到阳台上来找我了。

他跑到我身边,非常友好地用他那湿漉漉的狗鼻子碰了碰我的鼻子。不过,他想见的根本不是我,而是……那三只暹罗猫!

他的友好和殷勤让暹罗猫三姐妹倍感愉

快。她们高高地竖起尾巴，过来跟他打招呼。

"三爪"和他的部下看到有狗到来，立刻很谨慎地朝后退去。不过，波罗显然不打算跟这群流浪猫斗嘴打架。他们放了心，又凑了过来。

突然，希娅、萨米和摩伊莎离开了波罗，朝我走了过来。

她们纷纷蹭着我的身体，向我表示感谢。（萨米被剃掉的毛已经又长出来了。）

那几个人都很克制地站在阳台门口，隔着一段距离观察我们。

"他们相处得很好啊！"博丹夫人小声说。

"是呀。"艾米丽笑着说，似乎觉得很有趣。

"波罗很听话！这些猫说的话比你爸爸说的话管用多啦！"贝贝说。

"还有赫尔克里……"乐乐跟着说，"我觉得他恋爱了……"

"他爱上谁啦？"艾米丽问。

"当然是我啦！"其中一只暹罗猫喵喵叫着回答。

"才不是你呢，希娅。他爱的是我！"跟她长得一模一样的摩伊莎说，"赫尔克里，你不认识我了吗？"

唉，我承认，还真是认不出来啊。就跟双胞胎姐妹一样，我根本就说不清楚在这三胞胎猫姐妹当中，到底谁才是最漂亮的那一个。

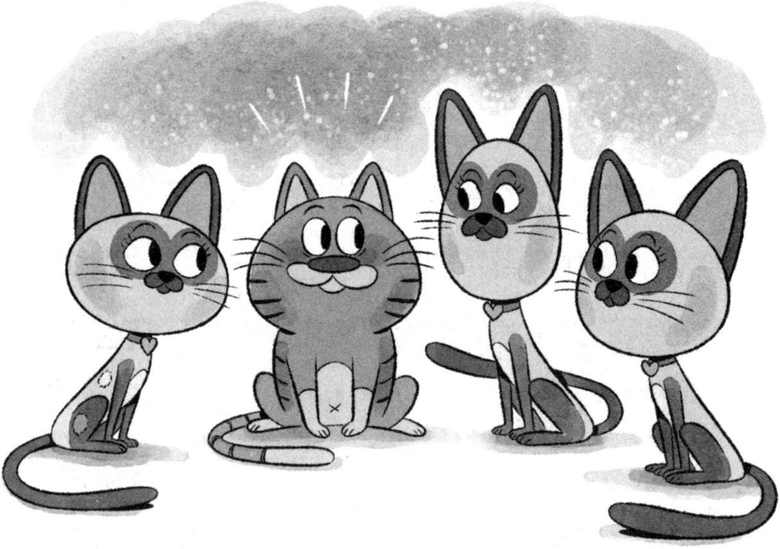

作者介绍

克里斯蒂安·格勒尼耶，1945年出生于法国巴黎，自从1990年起一直住在佩里戈尔省。

他已经创作了一百余部作品，其中包括《罗洁丝探案故事集》。当时，我们还不知道作者对猫咪有着特别的偏爱，也不知道这些探案故事的女主角罗洁丝已经做了妈妈，还生了一对双胞胎女儿。

看来，赫尔克里——一只具有神奇探案天赋的猫，带着他的两个小主人（乐乐和贝贝）一起去探案，也不是什么值得大惊小怪的事情啦！

插图作者介绍

欧若拉·达芒，1981年出生于法国的博韦镇。

她2003年毕业于巴黎戈布兰影视学院，此后在多部动画电影中担任人物设计和艺术总监。她曾经为许多儿童绘本编写文字或绘制插图，同时在儿童读物出版行业中工作。

她与自己最忠实的支持者——她的丈夫朱利安和她的猫富兰克林一起生活在巴黎。